世界不完美，就唱歌吧

朵朵快樂小語

朵朵 著

世界不完美，就唱歌吧
——朵朵的快樂問答

✽朵朵，為什麼開始寫朵朵小語？

朵朵小語本來是我的私人心情筆記，但在偶然的狀況下被放到報紙副刊上，因為許多讀者喜愛而成為專欄，又因為許多讀者喜愛而出了書。從第一本朵朵小語到現在的第二十本，已是十六年的時光。

當初在筆記本上隨手書寫時，並不知道後來竟會成為一系列的作品，至今甚至成為研究所學生的論文題目。想想，真的覺得這一切都好奇妙啊。

✽朵朵，為什麼以朵朵為筆名？

因為我喜歡花，花是一朵朵；喜歡雲，雲是一朵朵；喜歡海浪，海浪也是一朵朵。朵朵包涵了大自然裡許多元素，我喜歡這個名字，就像喜歡大自然一樣。或許我也希望朋友們看見這個名字的時候，就想到花，想到雲，想到海浪吧。

✽朵朵，為什麼直到這第二十集朵朵小語，妳才在作者介紹部分寫下妳的本名呢？

其實早在寫朵朵小語之前，我就以彭樹君的本名創作小說與散文了，而當我開始書寫朵朵小語之後，為了保持某種純粹性與獨立性，我保持著緘默，就像小心翼翼保護著一個秘密；曾經在很長的一段時間裡，許多與我相熟的朋友也不知道我就是朵朵呢。

但這麼多年過去，我慢慢發現自己以本名和筆名的寫作風格已漸漸趨於一致，雖然形式不同，有小說散文與小語的差別，但相同的是，關注的都是心靈與人生的療癒，因此也就漸漸打破這兩者之間的界限了。

✽朵朵，妳覺得快樂是什麼？

我想，快樂是一種選擇，那往往在於個人心境，同樣的一件事，詮釋不同，感受就不同。而你永遠可以選擇正向的那一面。

但快樂不只如此而已，畢竟只有正向的人生也太單薄了，如果這世界上沒有悲傷，快樂就會失去意義。就像有峰就有谷，有日就有夜，快樂也是需要悲傷來平衡的。

✽朵朵，妳覺得自己是個快樂的人嗎？

我願意做個快樂的人，常常微笑，懂得溫柔，並且用一種寬容的角度去看待許多事情。

我也願意經歷人生裡一切風風雨雨，因為那樣的快樂才有意義。

快樂的時候，看出去的世界都是美好的，自然會對人友善，會想要與人分享自己所擁有的，如果每個人都快樂，這個世界就和平了。

我希望自己是一個快樂的人，對人對事對過去、現在與未來都心懷良善，我想，那就是我對這個世界最好的貢獻。

✽朵朵，什麼事會讓妳感到快樂？

走在風裡會讓我快樂。

看到樹梢枝葉間的流動光影會讓我快樂。

聞到雨後的青草香會讓我快樂。

早晨在淅瀝瀝的雨聲中醒來會讓我快樂。

拉開窗簾看見陽光會讓我快樂。

聽到喜歡的作曲家的音樂會讓我快樂。

瑜伽、散步、閱讀都會讓我快樂。

靜靜坐著等草木自己生長花自己開會讓我快樂。

寫朵朵小語會讓我快樂。

愛會讓我快樂。

其實，只要守護好自己的心，像水晶一樣晶瑩透明，不管在任何狀態下，我都會覺得快樂。

✽朵朵，這本快樂小語是怎樣的一本書？

這是從已經絕版的朵朵小語裡找出的關於快樂主題的精選集。

南君為這本書畫了非常美好的插畫，而愛貓的我希望這本書裡會有貓，所以許多幅畫裡都有貓的身影。

另外我也從書中選了十二篇小語，當你翻開有 QR code 的那一頁時，就可以聽到朵朵所朗讀的小語。親愛的，但願我的聲音能帶給你平靜、溫柔與療癒。

這本書除了以朗讀來延伸之外，也以音樂的概念來呈現，就像一首曲子的四種迴旋，快樂的主題也分成了四個章節，分別是〈和自己在一起的時候，快樂是喜歡自己的存在〉、〈面對生活的時候，快樂是一種流動〉、〈當眼前的世界紛紛倒塌的時候，快樂到哪裡去了？〉以及〈最終的發現——快樂不是外在的追求，而是內心恆定的喜悅〉。

✽朵朵，為什麼世界不完美就唱歌呢？

這個世界並不完美，也不必完美，因為完美其實是一種靜止與停滯的狀態，不完美的坑洞裡卻往往會開出美麗的花。

因為沒有完美的世界，所以也不可能有完美的人生，當有了這樣的認知，不是就有了一種放鬆嗎？啊，太好了，那些追求完美所帶來的緊繃與壓力，都可以放下了呀。

但事情不如己意時，難免還是會難過，那麼，就唱歌吧，給自己正面的鼓舞的力量。唱著唱著，心情就轉了，事情就過了，月光也就變成陽光了。

而這本小書想說的，也就在這裡——

親愛的，當你能在不完美的人生裡感到自在與平靜，當你能在世界的坑洞裡看見美麗的花，當你能敞開心胸去感受人生裡一切的一切，那就是你真正的快樂。

第1卷：和自己在一起的時候，快樂是喜歡自己的存在。

第2卷：面對生活的時候，快樂是一種流動。

第3卷：當眼前的世界紛紛倒塌的時候，快樂到哪裡去了？

第4卷：最終的發現——快樂不是外在的追求，而是內心恆定的喜悅。

第 1 卷

和自己在一起的時候，
快樂是喜歡自己的存在。

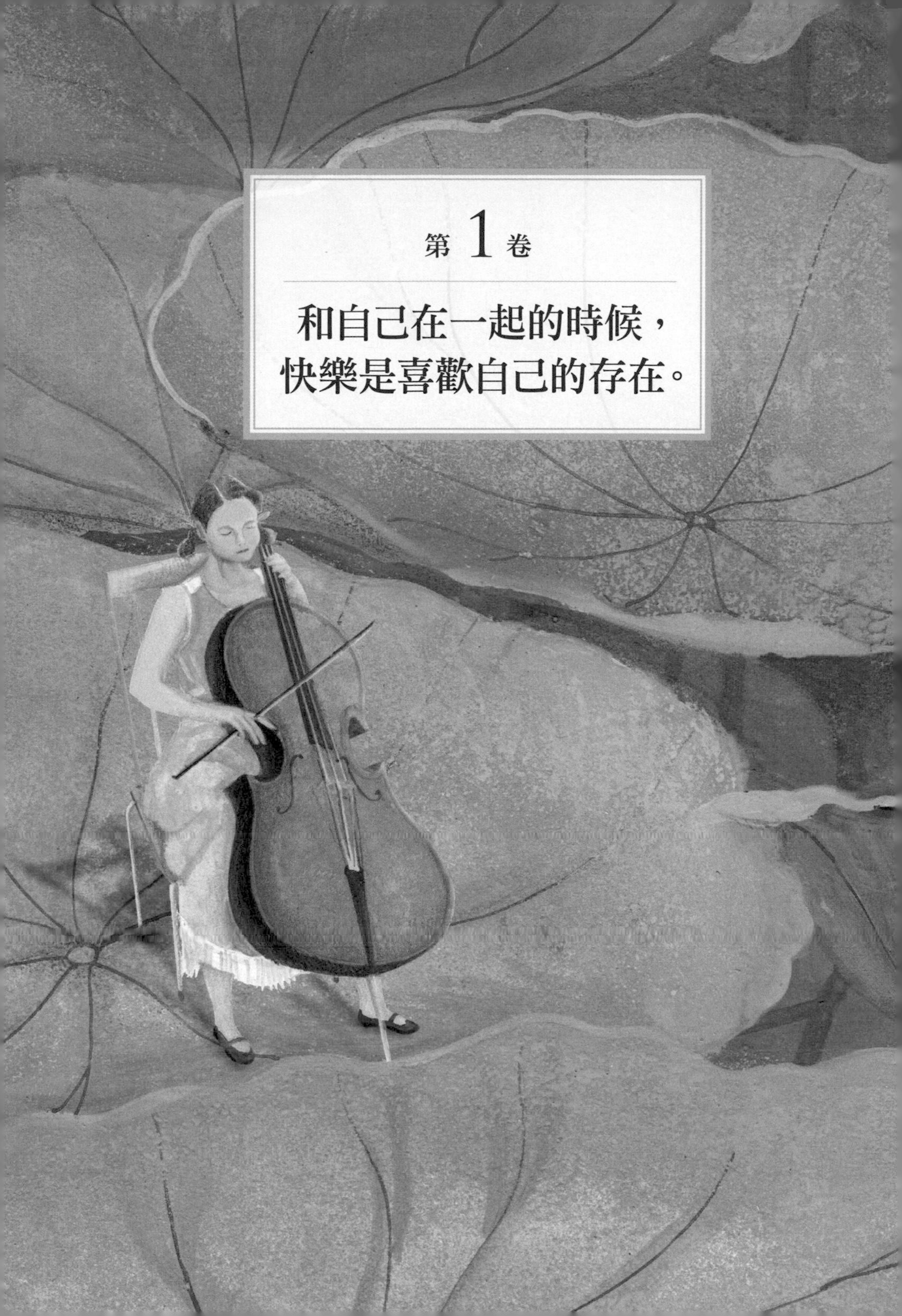

只是這樣而已

花兒的綻放並不是為了愉悅人們的眼睛，她只是展現了本身的存在而已。

鳥兒的歌唱並不是為了取悅人們的耳朵，牠只是表達了本身的天賦而已。

親愛的，你的人生也並不是為了討好誰的歡心。

無論何時何地，無論做什麼事情，你都只是聽從內在的聲音，只是因為自己喜歡而已。

照鏡子

當你覺得全世界都對不起你，別人看見的就是刺蝟般的你。

當你覺得天使們都停在你的肩膀上，別人看見的就是光芒萬丈的你。

當你覺得沮喪失落能量低迷，別人看見的就是不值得託付的你。

當你覺得自在昂揚充滿信心，別人看見的就是值得相信的你。

當你覺得沒有人會來愛你，別人看見的就是可憐兮兮毫無魅力的你。

當你覺得恩寵滿懷希望無限，別人看見的就是明亮燦爛風華絕代的你。

你就是自己的鏡子。

親愛的，你怎麼看自己，別人就怎麼看你。

微笑

親愛的，其實你什麼也不必做，只要像一朵花一樣微笑，自然就會散發出獨特的芬芳。

所以，毋須去刻意討好任何人，別人反而會來親近你，因為你的存在本身就充滿了愉悅的香氣，令人不由自主地想要靠近。

就好像，花兒從來不必走向蝴蝶，蝴蝶卻總是圍繞著花兒飛舞一樣。

微笑使你成為一朵花，一朵向著世界綻放的花。

在，不在

親愛的，你在？還是不在？

也許你正在餐桌旁喝牛奶，也許你正在行道樹下散步，也許你正在寫一封信，也許你正在畫一幅畫，也許你正在悲傷地哭，也許你正在快樂地笑……不論你正在做什麼，只要你是和自己在一起，你就「在」，如果你沒有和自己在一起，你就「不在」。

其實你面對的並非外在的環境，而是你自己內在的心境。外境只是內境的投射，如此而已。

決定情境的並非你的眼睛，而是你的心。

所以親愛的，現在的你，在？還是不在？

光

空無一物的舞臺，因為有了各式各樣的光，而幻化出種種模樣。

想要一道雨後的彩虹，就有了彩虹。想要一個柔和的月亮，就有了月亮。

綠色的光組織成一望無際的田野。藍色的光組織成波濤洶湧的海洋。橘色和紫色的光組織成變化萬狀的晚霞。

因為有了光，空白的舞臺就有了種種想像。

而你，親愛的，你也正是你自己的燈光師。在你的人生舞臺上，你可以展現各式各樣的光，變化出種種你想要的模樣。

水的旅行

地球上有百分之七十的面積是海洋。人體中有百分之七十的成分是水。

水，一種必須的生命狀態。

所以你的心也要像水一樣地流動，再曲折的河道都能彎拐，再多的石頭也不能阻攔。

然而當你需要的是堅定的時候，就把自己凝固成冰。

希望感覺到自由自在的時候，想像自己是一股水氣，升到高高的天空裡，凝聚為雲。

若是傷心了，就痛快地下一場雨。

野花

你數著山徑沿階而上，一朵野花就開在你經過的路旁。

你蹲下身來，靜靜地與她對望。

你感覺著她的存在，她也感覺著你的存在。

而在你們之上，還有另一雙眼睛凝視著這場相遇，那是造物主無所不在的眸子。

在祂的眼中，你和這朵野花一樣純潔，她也和你一樣尊貴。

每一個生命都獨特，沒有誰比誰渺小，也沒有誰比誰偉大。在微風中，你微笑地這麼想。

看山看海

你喜歡山？還是喜歡海？

你說，你喜歡山的深刻，也喜歡海的遼闊。

你也說，你希望能在傍海的山邊有一幢樸素但舒適的小屋，可以每天坐在山嵐的氤氳裡，靜靜地眺望遠方的海平線。

你還說，那樣的畫面對你而言，就是幸福的極致了。

最好最好，身旁還有一個你愛他、他也愛你的人。

山與海總是令你有無限的遐思與嚮往，因為你的靈魂來自深山，血液來自海洋。

那麼，行走於紅塵中的你，應當時時把一座山與一片海放在心裡，時時提醒自己，要有如山一般深刻的心境，如海一般遼闊的胸襟。

相信

相不相信？其實你是一塊磁鐵。

當你身心愉悅、喜歡自己、對這個世界充滿善意，美好的東西就自然被你所吸引。

相反地，當你悲觀、鬱悶、覺得什麼都不對勁，負面的一切也就相繼來報到了。

因為你是一塊磁鐵，吸引的是與你相似的東西，所以快樂的你就吸引讓你快樂的人事境，煩憂的你則吸引讓你煩憂的人事境。

幸運與厄運，在於你如何使用內在的磁力。親愛的，這是信念的奧秘。

美好的催眠

你知道嗎？其實你一直在自我催眠，只是不自覺而已。

如果你總是覺得未來希望無窮，你就得到了一個充滿信心的自己。相反地，若是你總是告訴自己一切都很糟糕，你就會長期處在一種能量低迷的狀態。

信念是你所擁有的最奧秘的力量，你相信什麼，什麼就是事實。

常常對一朵花說甜蜜的話，可以使她開得更好。

所以，親愛的，你也要把自己當成一朵稀有的花，常常對自己說鼓舞的話，這樣可以使你活得更快樂。

時鐘

你的牆上有一個可愛的鐘，滴滴答答不停不歇的鐘。不停不歇，卻也不慌不忙，它以一種穩定的速度往前走著。真是活在當下的鐘呀，每一分每一秒，它都走在「現在」的刻度上。

時時刻刻活在當下，就是這只鐘如此輕快的原因吧。若要和這只鐘一樣輕快，聰明的你應當知道，也就該像它一樣，時時刻刻凝視著「現在」。

快樂的秘訣之一，在於想著現在的你「正在」擁有的，而不是想著過去的你「曾經」擁有的，和未來的你「可能」擁有的。

抬頭看看牆上的鐘，也低頭看看現在的自己，並且感謝此刻所擁有的一切。

只是「現在的自己比五分鐘以後的自己更年輕」這一點，就已是千金難買的財富了呢。

做自己

你常常聽人說，要做自己。可是，什麼是做自己？

不是因為聽從別人的要求，也不是因為渴望外界的肯定，而是發自內心的喜歡，為自己去做每一件事。

讀書的時候，享受神遊在文字裡的歡愉。工作的時候，享受忘我的投入。即使只是刷牙這種簡單的小事，也能享受泡沫堆滿口腔的清涼樂趣。

做自己，就是感覺自己美好的存在，就是隨時隨地一切都自在。

森呼吸

生氣的時候，除了噴火之外，難道沒有更好的辦法嗎？

噴火使你變成一隻恐龍，霎時退化六千五百萬年，回到了侏羅紀時代。

你當然不願意當一隻不文明的恐龍，你當然不願意用噴火的方式表現怒氣。

那麼你就想像自己心中有一片森林吧，一片綠幽幽的森林，森林裡充滿了薄荷香氣一般的芬多精。

生氣的時候，閉上眼睛，在心中的森林裡做一個深深長長的森呼吸。

涵養一片心中的森林，吐納呼吸，消除火氣，使你隨時隨地口氣清新。

滿天星

在你的書桌上插一束滿天星，你的眼前就有了一個璀璨又安靜的小天空。

每一朵雪色的小花球就是一個發光的小星球，它們集合在一起，形成一個和諧又神秘的小宇宙。

心神煩亂的時候，憂傷焦慮的時候，徬徨沮喪的時候，定定凝視著眼前這束滿天星。漸漸地，你彷彿看見了一個空寂的天空，一個下雪的宇宙；漸漸地，你感到冷靜，感到心平氣和。

這束滿天星送給你，在你無助無依的時候，讓那來自宇宙的神奇力量和你在一起。

噴泉

當你經過噴泉的邊緣，就承接了它散落的水花，也承接了它給你的溫柔和清涼。在這當下，你感覺到的是從心底泉湧而出的快樂。

你的心裡也有一座噴泉，輕快的水花從不停歇。也許忙碌的生活偶爾會讓你忘記了它，但只要你想起它，就隨時都能感覺它。

生活不是一束乾枯的蓬草，不該缺乏清涼的滋潤，追求快樂本來就是人生的必須。

所以，親愛的，你要常常打開心底的那座噴泉，感受那種不需要理由的快樂。

情緒如浪潮

像大海一樣，你的情緒總是如浪潮一樣來來去去。
也像大海一樣，你總是包容你的情緒生生又滅滅。
因為你心裡很明白，種種情緒不過是人生這場大夢裡的縷縷塵煙，這個時刻也許存在，下個時刻就悄悄消散了。
海浪從來沒有固定的形狀，情緒也是隨時變幻無常。
所以你只是靜靜地看著它出現，再靜靜地看著它不見。
親愛的，你的心無限遼闊，不是那些情緒的泡沫，而是那片包容一切的海洋。

內在的眼睛

雲淡風輕的下午，總是令你神思不屬。

星光燦爛的夜晚，總是令你莫名其妙地想哭。

外在的環境悄悄牽動了你內在的情境，而你用一雙內在的眼睛去凝視你所置身的世界，看見了無邊無際的心靈視野。

感情豐富的你注定比別人活得辛苦，一陣突如其來的大雨，往往令你的心裡也颳起漫天蓋地的暴風雪。

然而這樣的你也一定比別人更幸福，一朵牆角邊探出頭來的小草花，也會讓你溫柔的心，霎時變成一片秘密花園，充滿快樂的蜂喧與蝶舞。

掃帚

相不相信？你的床底藏著一支掃帚！

每當夜晚來臨，你進入夢鄉，床底那支掃帚就會悄悄飛了出來，等候你的差遣。

於是你騎上它，飛過花間與林梢、冰河和沙漠，飛過十三月的風景和星期八的海洋，飛過陌生人的窗前，也飛過你愛的那人的屋頂。

你的夢就是那支掃帚。

現實世界總有現實的限制，但你的夢卻可以載著你到任何想去的地方。而且，它不會比現實更不真實。

所以你知道，不管在現實世界裡遭遇到什麼，只要擁有一支夢的掃帚，人生還是很美妙。

只是夢嘛

你必須跳過那個山谷，而山谷之下是萬丈深淵。你說你不可能跳得過去，勉強一試一定是粉身碎骨。你恐懼不已。

但你忽然意識到，其實這一切只是你的夢境。啊，只是夢嘛，這麼一想，你霎時感到輕鬆無比，輕輕一躍就跳過了那個山谷。

因為知道在作夢，所以你可以做到你本來以為自己辦不到的事。「只是夢嘛」的念頭，破除了你的恐懼。

而在現實生活中，許多時候你以為自己一定辦不到的事，也是恐懼限制了你而已。恐懼令你身體發冷，四肢僵硬。恐懼是強酸，不停地消融了你原本應該有的自信。

那麼，當你想做一件事卻以為自己辦不到的時候，就告訴自己，沒什麼大不了的，只是夢嘛。

只是夢嘛，請用這句話來鼓舞自己，然後輕輕越過每個你必須跳過的山谷。

人生遊戲

有時候，你會突發奇想，覺得自己很像是一個被設計好的程式，在3D動畫般的人生過程裡一關又一關地前進。

某一關你進行得很順利，例如求學；某一關卻需要你不斷地重來，例如戀愛。

闖關成功，你揚眉吐氣。叩關失敗，你垂頭喪氣。

情緒的起伏令你的心情總是處於震盪狀態，於是你時憂時喜，被自己的得失擾亂不已。

也許你無法決定每一關的結果，但一定可以決定過程裡的心情。

那麼，就帶著玩耍的樂趣，輕輕鬆鬆地往前走去吧。

親愛的，成功也好，失敗也好，順境也好，逆境也好，都只是人生為你設計的遊戲而已。

歌手

你喜歡唱歌嗎？

唱歌的時候，你覺得快樂嗎？

快樂的原因，是被唱歌時渾然忘我的自己感動了吧？

不在乎別人如何評論你的歌聲，也不羨慕別人擁有的歌喉，你大聲唱著屬於自己的歌，一首連一首。

唱給過去與未來的心願聽。唱給所有實現與未實現的夢想聽。唱給自己聽。

親愛的，你就是你自己人生舞臺上的快樂歌手。

只能二選一

你總是希望能符合他人期望，你總是期待有人為你鼓掌說你很棒。

所以你就像舞臺上的芭蕾名伶一樣，時時刻刻都要求自己一定要很完美，時時刻刻都不能放鬆。

但是腳尖踮久了，不是很痛又很累嗎？

為了眾人而跳舞，不是失去了自由旋轉的快樂嗎？

當掌聲不如你所預期時，不是會讓你懷疑自己的價值嗎？

親愛的，在「快樂」和「在乎他人看法」之間是二選一噢。

你只能選一個，你會選哪個？

你要的幸福

你總是說：等到我以後如何如何，我就可以如何如何……

那個「如何如何」，是你對「幸福」預設的畫面。

但是，一旦你真的可以如何如何時，你又會預設下一個幸福的畫面。

如此，你一再憧憬著遠方的幸福，卻沒看見此刻的甜美。

你要的幸福其實不在於下一個階段，而在於每一個階段。

不同的階段有不同的幸福。例如，單身時就獨自體會沒人打擾的幸福，有人相隨時就盡情感覺愛與被愛的幸福。

你要的幸福就在現在，不需要等待。

你要的幸福是你的內心狀態，不是外在。

像玫瑰一樣

某個印度的神秘教派認為，這個世界是一朵玫瑰。

如果這個世界是一朵玫瑰，有人看見了美麗的花瓣，有人看見的卻是扎人的尖刺。

看見花瓣的人，感覺自己置身在柔軟與芳香裡，生活中處處都是欣喜。

看見尖刺的人，遇到任何事都從反面去想去感受，喜悅就離他很遠，他只相信自己的疼痛。

親愛的，如果這個世界是一朵玫瑰，那麼你看見的，會是花還是刺呢？

這些那些窗子

你的心裡有許多窗子，每扇窗子外面各有不同的風景。

你打開晴天的窗子，就看見白雲和太陽；打開雨天的窗子，就看見雷擊和閃電；打開春天的窗子，就看見微風拂過草原；打開秋天的窗子，就看見落葉紛紛飄墜小河邊。

你打開快樂的窗子，就看見世界對你展開笑靨；打開悲傷的窗子，就看見淚痕闌干的臉；打開煩惱的窗子，就看見愁鬱深鎖的眉尖；打開希望的窗子，就看見光彩煥發的容顏。

每一扇窗子都有一把鑰匙，每一把鑰匙也都正在你手邊。

心情好壞的秘訣無他，只在開窗與關窗。

聰明的你，會鎖上哪一扇窗，又推開哪一扇窗呢？

在這裡

你曾經有過這樣的經驗嗎？在整趟旅行之中，最放鬆的那一刻，是經過長途飛行，終於回到了家，然後把累癱了的自己往柔軟的沙發丟去的那一刻。

就像那個童話故事：找尋了一大圈，最後才發現，象徵幸福的青鳥原來竟在自己家的院子裡。

所以，不要只顧及向外追求，卻忽略了內在的探索。

一個真正快樂的人，不會頻頻問自己：「接下來我要去哪裡？」因為他知道，自己就在這裡，只是在這裡。

就算走遍天涯與海角，親愛的，你其實從未離開過自己內心的家，你永遠都和自己在一起。

樂觀

樂觀是多麼可愛的一種心靈品質啊，做什麼事都覺得有趣，所有的經驗都能看見正面的意義，每一片烏雲的背後都追尋得到陽光的蹤影。

樂觀的人不會陷溺在情緒的沼澤裡，當然他偶爾也會感到沮喪，但他不會讓自己處在這樣的狀態裡太久，因為樂觀的人不喜歡和自己過不去。

每一件事都有一體兩面，只看個人怎麼去解釋而已；因此同樣的一件事，一個樂觀的你看見的都是值得期待的未來，一個悲觀的你看見的卻是無力改變的過去。

一花一世界

有多久的時間，你不曾仔細凝視一朵花？

如果你單獨與一朵花相處，你會從花兒身上學習到許多心得。

沒有任何一朵花緊張，花兒總是全心全意地放鬆，所以她的每一片花瓣都柔軟。

沒有任何一朵花匆忙，花兒一向輕輕緩緩地呼吸，吐露她芳香的氣息。

沒有任何一朵花有不必要的憂傷，花兒只是沉浸在她單純的境界裡，悠然冥想。

看著一朵花，你的心漸漸地被花同化。

親愛的，當你感到緊張與匆忙，當你心裡湧起許許多多憂傷，就凝視一朵花吧，那是讓你混亂的心迅速安靜下來最美的方法。

樹

你曾經站在樹下，向上仰望嗎？

葉片層層交織，因風輕輕搖動，時時刻刻都有深深淺淺的光影變化。那是很美的風景。

每一棵樹都是一個智者，在大地上佇立，在天空下冥想。鳥兒偶然飛來又偶然飛去，綠葉在春天出生黃葉在秋天飄落，樹只是默默接受這些相聚離別，無思無言。

親愛的，沮喪的時候，請你仰望一棵樹，透過它去看見不一樣的天空。

憂傷的時候，請你親近一棵樹，感受它寬容又寧靜的氣息。

而不論什麼時候，都想像自己也是一棵樹，每一片葉子都向著陽光的方向生長。

天使承諾

親愛的，你知道什麼是世界上最奧秘的東西嗎？它無形無色，無邊無際，可以微小如一粒沙，也可以廣大得像整座天堂。

嗯，就是你的心。

生命的神奇，正在於你相信什麼，就看見什麼；你想要什麼，就得到什麼。

在你的心裡放進一座天堂，而不是荒漠與砂礫；如此，天使就會飛來你的身邊，美好的事件就會在你生活中顯現。

OF HAMELIN

第 2 卷

面對生活的時候，快樂是一種流動。

你好嗎？

親愛的，你好嗎？

每天都重複一樣的日子，疲倦了嗎？

面對著做不完的家務、處理不完的公事、念不完的書、寫不完的考卷，累了吧？

別讓自己像是踩在影印機上 copy 日子了，只要你願意，生活裡可以有日日不同的花樣。

例如，每天早上設計不同的路徑去上班或上學。

例如，每天下班或下課後尋找不同的咖啡屋請自己喝一杯咖啡。

例如，每天晚上打一通電話問候不同的老朋友。

例如，每天臨睡前聆聽一段不同風格的音樂。

每天每天其實都不一樣，也不應該一樣，就像昨日的雲不等於今天的雲，今天的風不等於明日的風。

好事

一早起來，你會先做哪一件事？刷牙洗臉？煮咖啡？還是到陽臺上去伸個大大的懶腰？

你何不先躺在床上，大聲對自己說：今天將是美好的一天，一定有很棒的事會發生的！

所以你懷抱著愉快的心情去刷牙洗臉，覺得鏡子裡的自己容光煥發；你去煮咖啡，覺得香味貫穿整間屋子和你的呼吸；你去陽臺伸懶腰，覺得四肢舒暢，世界真美好。

然後你帶著期待的心情出門。是的，一定會有好事發生的！你再一次告訴自己。

雖然你還不知道將是什麼樣的幸運降臨在你身上，但只要你相信，它就一定會來到。

清晨的獨處

別匆匆忙忙開始這一天，只要早一點醒來，給自己一段獨處的時間。

面對著早晨的綠樹早晨的陽光，你靜靜地冥想，深深地呼吸，讓早晨的沁涼早晨的清新深深地進入你。

因為靜靜地冥想，你成為天空裡的浮雲，流水中的落花，也成為草葉間的小瓢蟲，樹梢上的飛燕鳥。

因為深深的呼吸，你成為一只輕飄飄的氣球，愉快地向無垠的雲天飛去。

親愛的，與其以匆忙開始一日行程，何不在每個清晨給自己一段獨處的時間，然後以這樣沁涼又清新的心境，去面對每一個必須奔赴的今天。

生活的碎片

生活是什麼？你說，生活是一張拼圖。

在這張拼圖裡，大片的是工作、約會、娛樂、吃飯、睡覺，這是好拼的部分；小片的則是繳交水電費、申請新的健保卡、到郵局領包裹等等瑣碎的事務，這是不好拼的部分。

不好拼，因為它們往往很無趣，與各種「有關單位」打交道實在好麻煩；可是若置之不理，又會衍生一堆後續的困擾，畢竟住在一間因為水電費沒繳而斷水斷電的房子裡更麻煩！

如果真實的生活像電影一樣，只要專心戀愛多好啊！

是嘛，那些男女主角們好像永遠都不必處理過期的帳單，而這些瑣事有時簡直比失戀更令人抓狂。你抱怨著。

既然生活是一張拼圖，你就抱持著遊戲的心情去接受它吧。

任何事只要有了遊戲的部分，就一定會有樂趣的產生。

何況，若是少了這些碎片，「生活」這張人拼圖又怎麼會完整呢？

時雨時晴

昨天的氣象預報說今天是個好晴天，因此你準備了草帽和醃肉火腿三明治，約了朋友打算去野餐。可是早晨醒來，你沒看見陽光，卻聽見淅瀝瀝的雨聲。

你可以氣惱一整天，念念不忘被壞天氣破壞的野餐會，你也可以找本好書消磨終日，快快樂樂地與音樂共度。你可以失去今天，也可以把握今天。

如果外在環境已不可能改變，就改變自己內在的秩序吧。

生命的際遇本來就是時雨時晴，聰明的你當能平心靜氣順應一切變化。如此，雨天才有雨天的沉潛，晴天則有情天的昂揚。

檸檬

你常常經過一棵樹，只是經過而已。

普普通通的翠綠葉片，平平凡凡的粉色花朵，你覺得沒什麼特別，所以從不在意。

但是今天，你忽然在它面前停下，心血來潮地摘了一片葉子，並且輕輕撕去一角；頃刻之間，又酸又甜的香氣流淌而出，那熟悉的味道令你驚喜地發現，原來這是一棵檸檬樹！霎時，你的四周都飄滿了春天的檸檬香。

你知道，以後你還是會經過這棵樹，但它的意義已經和以前不一樣了。

今天，像親近一棵檸檬樹一樣，去親近那個過去你從未真正了解過的朋友吧，或許也會有芬芳的香氣，在你們之間流動。

單車人生

嗨，今日天氣晴朗，你何不去騎騎單車呢？

那輛單車閒置在牆角已有很長的一段時間了。你拿起一塊抹布，除去座椅上的灰塵；你再找一個打氣筒，把輪胎灌飽了氣。嘿，現在它又是你的了。

進入一條滿是綠蔭的小徑，整個世界都在前方迎接你。你按下一串車鈴，叮鈴叮叮鈴，在陽光和清風之中開始一段輕盈如飛的旅行。

你和你的單車愉快地一路前行，可以隨意變換目的，可以完全掌握自己的方向，你擁有一種行向未知的悠閒心情。

有時候，快樂很難，可能需要一架龐大的波音七四七。

也有時候，快樂很簡單，只需要一輛輕巧的單車，沉寂許久的心就可以乘風飛行。

快樂無條件

因為覺得這杯水果優格很美味，所以你帶了一份回家，讓心愛的他也嚐嚐它的味道。看著他滿足的樣子，你感到快樂。

因為喜歡眼前這束香檳玫瑰，所以你買下來送給你喜歡的那人，讓他也感受花的美麗與香氣。看著他微笑的樣子，你感到快樂。

親愛的，你是如此願意與所愛的人分享你所擁有的美好，那為什麼不擴大這樣的心境呢？

因為你自己的日子過得好，所以也希望所有的人日子都過得好。看著無條件被你幫助的人們喜悅的樣子，你將感到無條件的快樂。

鞦韆

今天天氣晴朗，一起去公園裡盪鞦韆吧。

在不斷地上升與下降之間，你微微閉上眼，感覺清風梳理你凌亂的髮絲，也感覺陽光烘暖你曾經沾淚的眼睫。

在不斷地上升與下降之間，你輕輕睜開眼，試著唱一首快樂的歌，也試著看看盪到最高處的腳尖是不是可以踢到那片被風揚起的菩提樹葉。

一起盪鞦韆吧，暫時擺脫沉重的地心引力對你的控制。

一起盪鞦韆吧，這是個人可以獨立完成的簡易飛翔方式。

曬太陽日

綿綿陰雨後，終於出現了鑽石般的陽光。

你看見鄰人們紛紛曬起被子，陽臺上，院牆裡，社區小公園的圍籬邊，到處掛著花花綠綠的被子。

你那顆因為浸泡在陰雨綿綿裡太久而潮濕的心，忽然有了雀躍之感。你渴望把自己像那些被子一樣掛在陽光下，痛痛快快地曬一曬。

於是你走出門，在陽光下仰起臉。

你決定讓陽光烘暖你的兩頰，你的頭髮，你的眉睫和指尖；你決定讓陽光穿透你的皮膚，熨燙你的血液，感覺熱熱的生命在你的血管裡流動。

你決定好好接收這來自宇宙的光能和熱能。

你決定今天是你的「曬太陽日」。

你決定在「曬太陽日」裡，把自己當成一條曬得暖烘烘的被子。

快樂存摺

準備一本可以隨身攜帶的小記事簿，當成你的快樂存摺。

聽見一句好話，存入你的快樂存摺。

驚豔一幕風景，存入你的快樂存摺。

心裡產生有趣的念頭，遇到想念的老朋友，幫助了需要幫助的人，嚐到甜蜜的香草冰淇淋滋味，還有其他種種美好的感覺，統統存入你的快樂存摺。

存款愈多，你愈無後顧之憂。

當然你也不能吝嗇，心情不優的時候，你還是必須提領部分的存款出來花用。

只要你的餘額夠多，親愛的，你就能時時享受自己的富有。

吸塵器

你用吸塵器把地板吸得乾乾淨淨。地板上的灰塵被吸入吸管的管道，一如你昨天的悲傷與憤怒被吸入記憶的甬道。

被吸入吸塵器的灰塵，你不會再去攤開它，因為那是你根本不需要的東西；那麼，關於過去的那些悲傷與憤怒，你又何必再把它們從記憶裡傾倒出來呢？

耿耿於懷於不快樂的昨天，只有製造情緒上的髒亂。

今天，是清清爽爽的地板。昨天，是吸塵器裡結成一團的灰塵。

把每一個昨天留在記憶的吸塵器裡，相信每一個今天是生命中最好的一天。

枕頭

真好，你擁有一個「作夢的枕頭」。

每天晚上，你把枕頭拍得鬆鬆軟軟的，讓它帶你去夢的國度遨遊。

白天的時候，你多少受了一些委屈，可能被冷漠地對待，或是被故意地誤解，但是不要緊，至少你還擁有一個可以擁抱的枕頭。

它為你收藏秘密的夢話，也為你熨乾憂傷的淚水。它是如此貼心，使你放心地把自己完全交給它。

所以，睡吧，鬆鬆軟軟地睡了吧。只要還有這個枕頭，只要還有作夢的能力，沒有什麼能傷得了你。

然後，明日醒來，一切如新。

晾衣竿

你的後院裡有一根晾衣服的竹竿。

陽光璀璨的日子，它的手臂上掛滿了衣服，熱鬧極了；雨絲紛紛的時候，它的懷抱中卻一片空蕩蕩，只有路過的風輕輕穿過。

你就像這條晾衣竿一樣，有些日子與朋友們聚首言歡，也有些日子一個人孤獨地度過。

笑語晏晏的時刻固然讓你快樂，但靜靜不語的時刻卻更能令你感受到空曠的喜悅，無邊的自在。

你就像這根晾衣竿一樣，需要與朋友靠近交心，但更需要與自己默默談心。

吹氣球

怎麼啦？你看起來氣鼓鼓的，好似全世界都得罪了你一樣。

不順心的事很多，但一個人在那裡生悶氣也不是辦法，因為壞情緒對你的殺傷力很大，它們會占據你的身體，攻擊你的健康，所以，你得設法消滅它們。

那麼，就來吹氣球吧。

來來來，用力吹，把負面能量狠狠吹進你手中這個氣球，看看氣球能吹得多大，也看看你心裡的氣有多少。

好了，你現在吹足了一個灌滿了壞脾氣的氣球，吹得筋疲力盡的你也氣不起來了吧？

什麼？還是不高興？那就找一根針刺破它。

看著瞬間爆破的氣球，你才忽然明白，如果你心裡的氣愈生愈多，多到你不堪負荷的時候，也是會像氣球一樣爆炸的。可是爆炸的氣球丟了就算了，爆炸的你卻不堪收拾呢。

紙摺船

日光明媚，你的心情卻不晴朗。

那麼，一起去河邊散散步吧。

來，這張天藍色的紙片送給你，你可以用它來摺一艘紙摺船。

把你的心事輕輕放進紙摺船裡，然後，把你的紙摺船輕輕放進水裡。

你知道你的紙摺船將會離開你的視線，並且找到它自己的流向。而你願意把它放在天涯海角的某個角落，並且將它遺忘。

遺忘，你才能輕盈起來。

看著滿載心事的紙摺船靜靜往前漂流，你微笑著揮揮手，祝福它一路順風。

秋日香氣

你剝開了一個橘子，為了吃橘子，也為了烤橘子皮。

橘子皮在碳烤小爐上發出甜甜的柑橘香，你的屋子裡因此洋溢著芬芳與溫暖。

你慢慢吃著橘子，細細感覺它的味道，彷彿吃下去的不只是橘子，還有這個橘子曾經經歷過的朝露夜夢，風霜雨水。

雖然冬天就要來了，天氣就要冷了，雖然蜂喧蝶舞早已隨著夏日遠去了，但你卻在這樣的此刻，感到絕對的寧靜，完美的孤獨。

愈是簡單的生活，愈能品味心靈的豐富。

是的，只需要一個橘子，你就擁有了整個秋天的幸福。

催眠

對自己無能為力、對生活力不從心的時候，試試自我催眠的力量吧。

好比說，若是必須工作卻感覺疲憊，就把自己催眠成一個沒有情緒與壓力的機器人。

好比說，和你很在意的那人約會之前，先把自己催眠成世界上最有魅力的男人或女人。

好比說，應該睡了卻了無睡意，何妨把自己催眠成一個安息的天使。

好比說，有人傷害了你讓你感覺能量低迷，乾脆把自己催眠成能夠寬恕一切的上帝。

然後，等著奇蹟降臨。

小魔術

你說，你覺得那個人怪怪的。

相不相信？其實那個人也覺得你怪怪的。人與人之間的感覺本來就是相互投射。在你感覺中的他，和在他感覺中的你，恐怕是沒什麼兩樣呢。

所以，當你覺得那個人不自然時，你自己也會有點僵硬；當你覺得那個人不友善時，你自己也會流露出冷漠的表情。

這裡提供一個小魔術：遇見那個人迎面而來時，別避開他，別把視線瞟向他處，相反地，你要定定注視著他，並且給他一個輕鬆的微笑，然後說聲：「嗨。」

相不相信？下次再與那個人正面相逢時，他也會這麼對待你。

微笑是一種簡單易學的小魔術，而你是一個擁有微笑這種神奇魔力的業餘魔術師。

果醬

親愛的，你喜歡吃白吐司嗎？

你說，單純的白吐司也可以咀嚼出平淡好滋味。但有時候，你不覺得在白吐司上抹一層果醬，也是不錯的主意嗎？

甜蜜歡欣的草莓。優雅感傷的藍莓。清新愉悅的柑橘。有一點點潑辣頑皮的鳳梨。

如果白吐司是你的生活，果醬就是你對生活的想像。

例如在路邊等待垃圾車的時候，想像自己正在等待的是飛碟降落。例如在匆匆趕赴上班或上學的途中，想像自己正在從事某種秘密任務。

單純的生活也可以咀嚼出平淡好滋味。但有時候，在生活裡添加一些些可愛的想像，會使生活更有趣味。

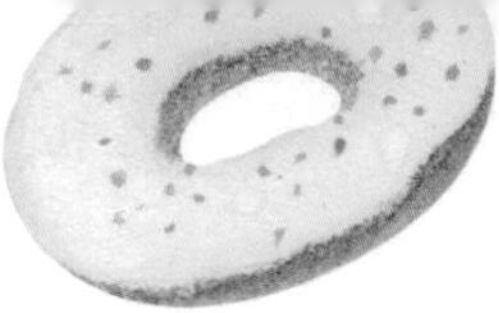

舊衣

今天有空嗎？整理衣櫥也許是個好主意。

哪些衣服是你去年一整年都沒有上過身的？集中起來，將它們捐給舊衣回收中心吧。既然你去年都不曾穿過它們，那麼今年、明年、後年，你也不會再穿上它們了。

有些時候，你不肯放棄某些東西，不是因為它們對你有用，只是因為你的不捨。但多存留一件無用的衣服，就是多浪費一件衣服的空間。

衣櫥的容量有限，心靈何嘗不是？所以，不要再浪費你寶貴的心靈空間，丟掉那些於你無用的、不快樂的去年舊事吧。

悄悄

曾經有一段時間，你心情低落，甚至懶得拉開窗簾，看看窗外的陽光。

因此你當然也忘了去看看，窗臺上那一盆每天都需要喝水的瑪格麗特。

如此不知過了多久，總算有一天，你度過了心情的低潮，同時也想起了你的瑪格麗特。

天啊，可憐的花，她還活著嗎？

你戰戰兢兢地拉開窗簾，卻見她迎風招搖，花顏可掬。

原來在過去的這段日子裡，你雖然忘了餵她喝水，老天卻沒忘了以雨露眷顧她呢。

許多事物悄悄地在你的視線之外進行，而且悄悄地安排好了它們自己。天生萬物，天養萬物，一切其實無須擔心。

隨興時間

一只裝滿了可樂的杯子，不能再倒入新鮮的果汁。

一天二十四小時都被安排好的行程，不會有悠閒的時間去感受那些細緻的部分。

馬不停蹄的生活真的成就了什麼嗎？還是只是表面熱鬧、卻更加反映了內在的無聊？

親愛的，別當一只太滿的杯子，多給自己一些隨興的時間，因為只有在空無的狀態裡，許多無法事先計畫的驚喜與美好，才會有發生的機會。

放心去旅行

你說旅行是一種切換，切換時間與空間，讓自己從積習日深的尋常生活中抽離開來。

可是這種抽離畢竟只是暫時，當旅行結束之後，你還是得回到舊有的生活模式，繼續忍受舊有的無聊與煩惱。

因此，也許你應該試試另一種旅行，「心」的旅行。

身體的旅行需要行李與機票，心的旅行無牽無掛；身體的旅行需要辦簽證訂旅館，心的旅行處處為家；身體的旅行需要安排假期，心的旅行隨時可以成行。

心的旅行只有一個動作，就是完完全全地放鬆情緒，也放開自己的身體。

然後，放任你的心思進入你的潛意識，感覺自己與無窮的奧秘合而為一。在這飄浮的狀態裡，你遠離自己，卻也更親近自己。

當然你還是得回去，回到你舊有的尋常生活，但是你將發現，心的旅行已經悄悄打開了你內在的眼睛。

而且，你不斷旅行的目的，其實就是為了不斷地回去。

已經過去了

不管你今天遭遇了什麼，都已經過去了。

也許你受了一些委屈，但是，都已經過去了。

說不定你也做了不少蠢事，然而，都已經過去了。

很可能你覺得這真是爛透了的一天，好在，都已經過去了。

已經過去了，而且，感謝老天，這一天不可能再重複，永遠不會再回來了。

所以你可以放下了，不必再為了坑坑洞洞的今天而耿耿於懷。已經過去了，就不再重要了。

重要的是，親愛的，一個新鮮的明天正在等著你。

整理

你一直在整理。早上起床後整理儀容好出門，晚上入睡前整理床被好入夢。一天當中整理抽屜衣櫥冰箱書櫃。

年初整理一年心願，年尾整理一年心得。一年當中整理春天夏天秋天冬天。

對外整理朋友情誼，對內整理家庭關係。一生當中整理愛情親情友情人情。

你一直努力成為一個整理高手，你一直希望一切井井有條。

你是如此勞勞碌碌，卻忘了最重要的整理，其實是整理你自己。

整理你心裡那些打不開的抽屜，那些關不上的箱子。

整理你敏感脆弱的自我，別讓陰暗憂鬱的灰塵堆積。

今天的雲好美

早晨，你抬頭仰望，看著那冰河初融一般，瑰麗神奇的天空。

你想，今天的雲好美。

不管今天將遇到什麼人，會發生什麼事，至少，在一天即將開始的時候，你已經擁有了希望無窮的天空。

傍晚，你再度抬頭仰望，看著那夕陽如酒，波瀾壯闊的天空。

你想，今天的雲好美。

不管今天曾經遇見了什麼人，發生過什麼事，至少，在一天就要結束的時候，你依然擁有恩寵無限的天空。

柑橘

你漫步在陽光下的柑橘園裡，聞著那飄來的芳香，品嘗這果實的甘甜。

芳香療法書上說，柑橘具有神奇的功效，能使你提振心神，消除沮喪，感覺愉快。

生活在緊張忙亂之中的你，確實需要這甜美的鴉片。所以，如果你不能擁有一片真正的柑橘園，就為自己創造另一片想像的柑橘園吧。

音樂、閱讀、繪畫，以及其他種種藝術形式，都具有類似柑橘的療效。

擁擠的現實需要靈魂的出口。在音符、文字與色彩之中，你是富有的柑橘園主人，漫步在金色的陽光之下。

每日

每日早晨醒來後，你在鏡子裡對自己道早安，並且充滿信心地宣布：「今天一定是美好的一天！」

每日夜晚臨睡前，你在鏡子裡對自己說晚安，同時充滿感激地道謝：「今天果然是美好的一天！」

如果每日都能給自己一個希望的開始和一個感恩的結束，那麼即使在這其間的過程裡有不如意不順心，也就不要緊了。

要緊的是，每日都開心地醒來，放心地睡去。

moonlight

第3卷

當眼前的世界
紛紛倒塌的時候，
快樂到哪裡去了？

不完美人生

你總以為人生應該是「這樣」，可是，你所遭遇的事卻總是「那樣」。在「這樣」和「那樣」之間，你產生了強烈的不平衡，你覺得自己好倒楣，你懷疑自己說不定是世界上最不幸的人。

你非常地不快樂。

你的不快樂是出於對「完美人生」的迷信。

可是這世界上從來沒有完美的人，所以當然也不可能有完美的人生。再漂亮的人偶爾也會長痘子，再健康的人不小心也會傷風感冒呀。

生命時時刻刻都在流動、變化，你所遭遇的事情必然時雨、時晴。所以，別再迷信不存在的完美人生了。

若能心平氣和地接受一切不完美，親愛的，你的人生才會有釋然，才會有快樂。

心中的森林

疾行在機關重重的人際叢林裡，你常常被各種壓力催逼得喘不過氣，覺得無以為繼。

那麼，是該到那座森林去走走的時候了。

閉上眼睛，讓那條彎彎曲曲的小徑給你指引，你愈走愈深，兩旁的林蔭也愈來愈濃密，而你幾乎能看見清冷冰涼的淡綠色空氣。

然後，你發現了一片湖水，和湖畔那棵木幹會泛出香氣的大樹。

你在樹底坐下，靜靜地，什麼也不想，只有冷霧凝結的水滴，只有水滴從葉梢墜落，無聲地墜落在薄荷色的湖面。

就這樣靜靜坐著，等你休息夠了，再循著原路回去。

充滿了芬多精的靈魂，又有了應對一切的勇氣。

心中的森林，是你能隨時隨地從現實裡走出的秘密。

月光

你希望事事都如意。你希望時時都快樂。

這樣的想法沒什麼不對，可是如果當你發現事情不能盡如你意，別人對你不那麼友善，你就耿耿於懷、鬱鬱不樂時，那才是一場無意義的自我折磨。

是的，今天夜裡，抬頭看看月亮吧。

嗯，是圓月。可是明天的月亮呢？還是那麼圓嗎？

唉，是弦月。可是明天的月亮呢？還會那麼缺嗎？

親愛的，月亮都有陰晴圓缺，你又怎能苛求一切如願？

在你的心中漂染一片月光，當成平靜安寧的心情索引，於是你知道，偶爾的殘缺，本來就是一種天清地闊的自然狀態。

星星啟示

只有在黑暗的夜晚，才會出現閃爍的星光。

所以，親愛的，也只有在面對艱難困頓的時候，你的心裡才會出現那些閃爍的靈光。

常常仰望夜空，謙遜地接受星星的啟示。

那麼，當人生的考驗來臨之時，你將通過黑暗的試煉，成為一個更棒的人，生命將更閃閃發光。

水晶

你常常有受傷的感覺，別人的一句話或是一個眼神，總是很容易讓你鬱鬱不樂。人心難測啊，你對自己說。

吉普賽女郎在用水晶球替人算命的時候，必須忘掉自己，才能看清別人的命運；同樣地，當你想看清周遭一切之前，必須拭淨你蒙塵的情緒。

你的心，就是一顆水晶球。

受傷或鬱悶，只是因為你對自己看不清。難測的其實是你心。

所以你必須時時保持心的潔淨，就像擦亮一顆能透視世界的水晶。

山樹

你是一棵生長在山中的樹。你的四肢是你的樹枝，你的每一個毛孔是你的葉片。

你感覺樹梢有陽光的照耀，樹葉有輕風的撫慰；你感覺樹根深入濕潤的泥土，樹脈流著清甜的汁液。

你靜靜矗立著，接受那來自大地源源不絕的養分。因為你是一棵樹，所以你可以感到一棵樹的穩定與自在。

親愛的，焦躁不安的時候，就閉上眼睛，想像自己是一棵山中的樹吧，並且要像一棵大樹展示全身的樹葉那樣盡情放鬆自己。

感覺陽光。感覺輕風。感覺空氣和水。然後，用一個接一個的深呼吸進行你的光合作用。

如此，你的微笑就是這棵樹上所開出來的一朵美麗的花。

一朵盛開的花

來，來到鏡子前，看看裡面的你自己。

你看見了什麼？是不是一張心事重重的臉？

你會如何安慰鏡子裡那個需要安慰的人？是不是給他一個微笑？

那麼，想像你的內在有一朵正在盛開的花，從心裡很深很深的地方，慢慢地向外綻放。

於是你的嘴唇有了花瓣的弧度，你的雙眉宛如舒展的葉子。

啊，你對鏡中的自己無聲地問候，你好嗎？真高興看見你。

真高興看見你。親愛的，就以這樣的微笑，去面對這個世界吧。

雖然生活裡總有不如意的時候，但你的心裡也總有一朵正在盛開的花。

打破杯子

你的心裡起了波濤，就像茶杯裡颳起風暴。

你也知道那件小事其實微不足道，可是你就是對自己的情緒克制不了。

親愛的，試著打破杯子吧。

擴大了心的容量，你才可以從另一個角度看待這件事情，然後你會發現，以前的自己是如何執著於虛幻的煩惱，可是對於更廣大的生命層次來說，那根本一點也不重要。

茶杯裡的風暴總是捲起心的海濤，打破了杯子，釋放了你的心，一切都將平緩溫柔，化為沙灘上微風輕拂的浪潮。

接受

不要再苦苦思索「為什麼這種事會發生在我身上」這種問題了，不會有答案的。

不同的事情發生在不同的人身上，這本來就沒有什麼為什麼。重要的是，不要拿過去來煩擾自己，過去早已與你分道揚鑣。

你若是固執地停留在一種負面的追究裡，只是和自己過不去而已。

重要的是，正視自己的現狀，並且以一種正面、樂觀的態度，感謝過去的一切成就了現在的自己。

真正快樂的人都是懂得愛自己的人。而愛自己的第一步，就是接受自己當下的生命狀態。

親愛的，坦然接受自己，天使將與你同在，生命將充滿了恩寵與勇氣。

向上仰望

許多道理，你都明白。

許多事情，你也都知道該怎麼做。

卻也有許多時候，你依然陷落在情緒的關卡中，進退不得。

這時的你，彷彿掉進了密林中的陷阱，陷阱裡只有腐敗的枯葉和潮濕的青苔。你不喜歡那裡，卻也無力離開。

與其抱怨陷阱裡是多麼不舒服，親愛的，你不如抬頭仰望天空。

你看，天空是如此無邊無際，你怎能虛度了它的遼闊與晴朗？

只要常常向上仰望，就不會陷落在情緒的陷阱裡。

天空總是給你一股無邊無際的力量，你也總是微笑地這麼想。

宇宙正在工作

如果這一切已經是這樣了，那就坦然接受吧。

你走到這裡，遇見了一些你不想遇見的人，碰到了一些你不想碰到的事，這些人這些事污染了你的生命情境，破壞了你的生命格調，甚至可能羞辱了你的名譽與尊嚴，令你很想反擊什麼，讓傷害你的人也嘗嘗痛苦的滋味。

但是親愛的，其實你什麼都不用做，只需要淡然處之。

宇宙的工作很奧妙，你很難明白祂的旨意，但一定要相信祂的公平。

因為你不知道在這之前，曾經發生過什麼事；你也不知道在這之後，又會發生什麼事。宇宙的工作總是在默默地進行。

所以你就平靜地看著事情的發生，像是看著一場狂風暴雨沖刷過河床，也看著雨過天青後的河面必然閃爍的美麗波光。

你

有待處理的太多，所以你總是心太亂，對自己太不滿意。
於是有了一個焦躁的你，沮喪的你，動不動就想大哭一場的你。
給自己五分鐘，閉上眼睛，到內心深處去尋找另一個你。
一個自在的你，恬靜的你，不斷地泛起微笑的你。
以內在的這個你看著外在的那個你，以這個你愛著那個你。
當你再度睜開眼睛的時候，你喋喋不休的心安靜了，內在與外在的你合而為一了，這時，你會知道什麼是真正的你。

流淚

有多久你不曾好好大哭一場了？

生活總有疲憊沮喪的時刻，感情總有無以為繼的難關，與其苦苦壓抑負面的情緒，不如面對自己的脆弱。

你看，即使只是一片清晨的草葉，上面都有一層薄薄的露水，那是它在黑夜裡流淚的痕跡，所以你又何必逞強？沒有清理乾淨的負面能量，往往會變成毒素攻擊你的身體，破壞你的健康。

就算是天使也沒有辦法一直唱個不停啊，每個人都需要淚水的奔流與釋放。

所以，親愛的，想哭的時候，就痛快地哭吧。

那麼，想笑的時候，你才能真正開懷地笑。

只能跳舞了

你喜歡跳舞嗎？

跳舞的時候，你能感覺到自己的心靈隨著肢體一層接一層地向外敞開嗎？

來，放一段充滿西班牙風情的音樂，隨著那明快俐落的節奏翩翩起舞吧。

就這樣跳舞跳得興高采烈卻又在昂揚迷醉中有著說不出的憂傷。就這樣跳舞跳得渾然忘我並且在痛快淋漓中感覺到飄飄欲飛的想像。

你的指尖與腳跟，你的腰肢與肩膀，你的每一根頭髮每一條血管都在旋轉都在飛揚，都有著力與美的放肆與張狂。

啊，只能跳舞了，人生裡有太多太多的時刻是這樣，只能跳舞了。

所以親愛的，你就繼續快樂地跳舞吧，不要停下來，其他也不必再多想。

不快樂不存在

你要如何趕走黑暗呢？
用劍嗎？還是用棍子或掃帚？
不，你只需要點亮一盞燈，讓光進來。
黑暗無法被驅趕，因為黑暗不是什麼，它只是光的不存在。
你要如何趕走不快樂呢？
用刀嗎？還是用淚水或叫喊？
不，你只需要一個發自內心的微笑，讓快樂進來。
就像黑暗並不真實一樣，你的不快樂也是一種虛假的空洞，它並不真的存在，而是你感覺不到自己的存在。

當你從內心深處，彷彿玫瑰綻放那樣笑開，那麼，親愛的，你將切切實實地感到自己的存在，而虛幻的不快樂將不存在。

跟著水聲走

有時候，你會覺得現實的一切是如此躁熱難耐，讓你彷彿置身荒涼乾渴的沙漠。

那麼，就把前進的路徑指標，從外在轉向內在吧。

閉上眼睛，感覺呼吸，從心的路口進去，走入內在那片綠蔭與涼風交織的世界。

安靜下來，安靜下來，漸漸地，你聽見了泠泠水聲。

把裝滿了焦慮與慾求的包袱拋下，你跟著水聲走，愈走愈輕快。

蝴蝶飛舞，花香處處，跟著水聲走，你找到了心裡的水源。

夏日風暴

許多時候，你以為走到了絕境，前面已經再沒有路了，但過了一段時日，你回頭一看，卻發現自己早已穿過幽谷，幽谷之外有遼闊的天空。

許多時候，你以為的苦難，不過是夏日裡的一場風暴，從生命的四季來看，打亂的只是樹上的幾朵夏花。

人生的有趣之處，正在於你永遠不知道前方會出現什麼樣的風景，而且總是山窮水盡和柳暗花明相互交替。

也許春天已經過去了，也許夏日偶有風雨，但前方還有清爽的秋風和適宜入夢的冬景在等著你。

而冬天過後，又將是春日的來臨。

穿越雲層

今日氣象報告，溫度二十一，濕度七十六，降雨機率九十八，天氣陰。

潮濕。陰冷。海上有颶風正在成形，北方的冷氣團也正在南下。

你的心情是一幅灰雲密布的氣象雲圖。

雲層太厚，壓得你心跳急促，呼吸不順，眼淚隨時都會掉下來。

親愛的，別難過，先拍拍你的胸口，再調調你的呼吸，然後輕輕閉上你的眼睛。

想像自己是一架飛機，伸展你的機翼，對準你的天空，緩緩滑過跑道，漸漸直上雲霄。

現在你穿越灰色的雲層了，雲層之上，陽光燦爛。

看啊，陽光一直在你頭上，根本沒有消失，只是你眼中的雲堆掩住了它的光芒。只要離開地表，穿越雲層，陰天就在瞬間成了晴天。

今日氣象報告，與地面垂直高度一萬九千呎，萬里無雲，天氣晴朗。

飛

小飛俠想帶溫蒂飛往無憂島，但是溫蒂試了幾次仍離不開地面。

「我沒有翅膀，我不會飛呀。」溫蒂說。

「沒有翅膀？那有什麼關係！」小飛俠說，「妳的心裡要想著快樂的事喔，只要想著快樂的事，妳就會飛起來了。」

親愛的，你也試試看吧。

閉上你的眼睛，心裡想著快樂的事……嗯，你是不是覺得整個人漸漸輕盈了起來？是不是覺得背上彷彿長出了一對飄飄欲飛的翅膀？

那些快樂的事聚集在一起，就是屬於你個人的無憂島。只要你常常想著它們，你就隨時可以飛往那個地方。

總是想著憂愁的事，你當然會時時感到無力又沉重。

常常想著快樂的事，這才是讓自己飄飄欲飛的秘訣。

往山裡去

當思緒紛紜，諸事煩心，你總是獨自一個人往一座山走去。

山裡沒有擾人的噪音，只有琤瑽的流水，啁啾的鳥鳴。你的耳朵接收山音，心也漸漸感到清靜。

山裡沒有雜亂的景象，只有純真的野花，搖曳的樹影。你的眼睛接收山色，心也漸漸無思無慮。

愈往山裡去，你彷彿愈走進自己靈魂的核心。

愈往山裡去，你就愈看見了那個純淨無瑕的自己。

夜的海邊

你靜靜坐在夜的海邊。
無盡的深不可測的海洋，翻滾著洶湧的潮來潮去的浪花。
面對著這樣無法測量的大水能量，你彷彿坐在世界的邊緣一樣。
潮水永不停息地湧動，你腦海中原先奔騰的思緒卻在大海之前慢慢靜止下來。

唯有此時此刻，再沒有其他要去的地方，也沒有任何追逐、困惑與想望。

潮水無言，卻也無所不言。
而你的煩惱，天地都知道。
夜的海邊，有一種神秘的療癒力量。
你坐著坐著，漸漸明白這個世界是個包容一切的海洋。
你坐著坐著，漸漸明白自己不過是這個海洋中的一朵浪花。

俳優人生

你認真地在喜怒哀樂，你認真地去悲歡離合，你一直是如此渾然忘我，而不明白自己只是在演一場戲。

這齣戲的名字，叫做「人生」。

當你過度入戲，它就主宰了你全部的情緒，使你沉溺其中，永遠沒有中場的休息。

當你抽離了自己，懂得用一種更高的角度俯瞰你所扮演的角色，你才開始能夠以旁觀的冷靜觀照全局，才有了偶開天眼覷紅塵的慈悲與寬容。

好好去走每一個臺步，好好去對每一句臺詞，好好去演完這齣戲。

只是，一個優秀的演員必須隨時能入戲，也隨時能下戲。

張望遠方

親愛的，請轉過頭來，看看你的窗外。

看到天邊最遠最遠的那片雲了嗎？看到那片雲擁抱的那座山頭了嗎？一起去那裡野餐吧。

是的，就是現在。

感覺到樹葉的沙沙聲響了嗎？感覺到風吹動你的衣袖了嗎？微笑著享受這美麗的片刻吧。

是的，就是這樣。

於是原本盤桓不去的那些惱人的人和煩人的事，霎時都成了幻象，只有那片雲那座山是真的，只有在樹下與風中的你是真的。瞧，你的野餐籃子裡還有果汁和沙拉三明治呢。

只要有一雙可以張望遠方的眼睛，就可以在瞬間離開現實的流沙。

野草莓

有一種紅色的小野莓，長在黃花草葉間。

在冬日野地裡看見這小莓果的倩影，是你覺得很快樂的一件事。因為會有一股清甜的汁液，從你的舌根悄悄地氾濫。以前你曾經吃過這種可愛的小莓果，現在你的嘴巴不禁回憶起了那種清新的滋味。

你的心底也有一地的野莓，藏在荊棘與藤蔓之間。也許是一個嬰兒天真的笑容，也許是情人一抹深情的眼神，也許是朋友一句鼓勵的話語，也許是某一天的天空純淨的天藍色。

心裡有苦味的時候，摘一顆心底的小野莓，靜靜咀嚼它，讓它清清甜甜的滋味，在你的心裡清清甜甜地氾濫。

從彼方到他方

如果你的心情沉滯得像一灘死水，那麼何不打開窗，感受風的氣息？

風，它從遙遠的彼方來，將往遙遠的他方去。

這個瞬間揚起你額前髮絲的風，下個瞬間可能揚起某個森林裡一地的落葉。

這一刻吹動窗前風鈴的風，下一刻可能吹動某個山谷裡一池的湖水。

風，它輕快地遠遊，從不在一地停留。

就像風一樣，你的心情其實也是變化無常的啊。

風總是從彼方到他方，而親愛的，你今天的眼淚，明天又會在哪裡呢？

眺望

那件事已經困擾你很久了。想不清楚的時候，就別再想了吧。

也許你應該找個有陽臺的高樓，或是個可以俯瞰的窗口，甚至某個無人的山頂，然後，安靜地眺望。

極目所及之處，你看見了什麼？

你看不清楚，因為那已經超出你的視力範圍，只是霧濛濛的一片。而令你煩憂的那件事不也如此？你想不清楚，是因為那已經超出你的理解能力，也是霧濛濛的一片。

有些時候，與其讓自己陷在困境的流沙裡，不如暫時離開地表。離開地表，也許不能解決什麼事，但至少給了自己眺望的高度。

啊

連續的壞天氣破壞了你曾有的好心情，一波接一波的壞消息打亂了你原本寧靜的秩序。

「唉，不知道還會發生什麼事？」這些日子以來，這句話就像一朵沉沉的烏雲，壓在你的心頭上。

可是，親愛的，當這個念頭持續存在的時候，從某個角度來看，你就彷彿在等待著下一波壞消息的來臨。這是心念的力量。

正因為心念的力量無比神奇，所以你不妨把那句話改成：「啊，不知道還會發生什麼事？」

相信嗎？只要以輕揚的「啊」取代沉重的「唉」，就能發生不可思議的改變。

因為上揚的音調會造成愉悅的感覺，而愉悅的感覺會帶來美好的想望。

啊，親愛的，有了美好的想望，就會發生美好的事情啊。這也是心念的力量。

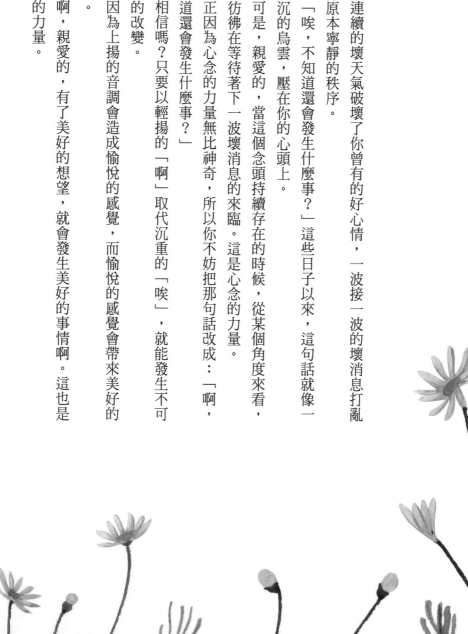

遺忘

有時候，遺忘，是令人快樂的。

什麼時候？當然是有人傷了你心的時候。

存心傷你心的那人，固然是故意和你過不去；但是，被傷了心而一直耿耿於懷的你，卻是自己和自己過不去了。

想想看，他都已經傷害了你，難道你還要以念念不忘的方式來突顯他對你的重要性嗎？

親愛的，遺忘是一種恩典，因為這樣的恩典，所以你是個快樂的人，也是不容易被別人擊倒的人。

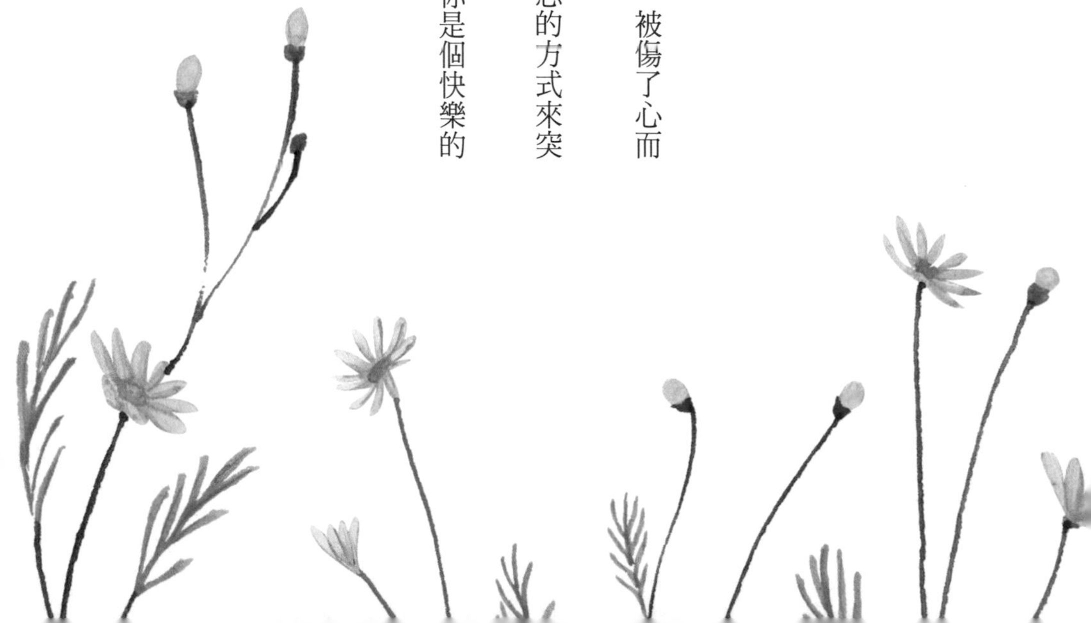

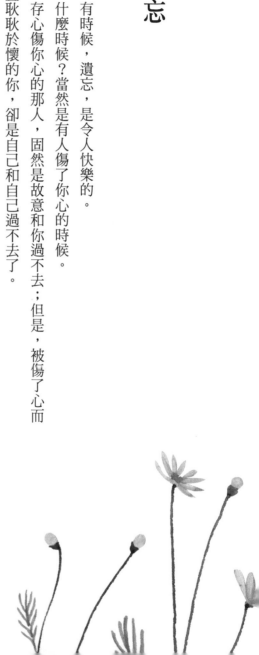

走在霧裡

眼前大霧迷漫，看起來像是另一個世界的倒影。

你走在霧裡，漸漸有一種錯覺，彷彿正走在人生這場大夢的邊緣。

你想，不是看得見的才存在，就像你暫時看不見被霧境掩蓋的那條小徑，但你知道它在那裡。

一如你看不見上天冥冥的旨意，但你知道，愛與天理必定會實現。

眼前的霧愈來愈濃，你的心卻愈來愈透明。

在霧境與夢境的交錯之中，你繼續走下去，彷彿走進了自己的內心，一步比一步清醒，一步比一步寧靜。

何必太在意

於是你發現，生活裡總是快樂與憂愁彼此交織；可是你也發現，所有的快樂與憂愁也都總是不能長久。

時間是最奇妙的魔術師，他從帽子裡變出各種情緒給你，然後又把各種情緒收回去。

所以，親愛的，不必陷溺在此刻的情緒裡，只要靜靜看著自己心境的變化，並且提醒自己，這一切都會過去。

人生是夢一樣的存在，當下感覺真實的，下個瞬間就消失了。

因此，心裡下了雪也好，開了花也好，起了風也好，落了葉也好，都只是心情的輪迴而已，都只是時間在變魔術而已。

天空裡的甜甜圈

你曾經在飛機上看過彩虹嗎？你知道從飛機上看見的彩虹是圓形的嗎？

看見的那一刻，你在心底驚呼：噢，原來彩虹不是插在遠方地平線上的一座天橋，而是飄浮在天空裡的一個彩色甜甜圈！

是的，你在地球表面上看見的，只是一半的彩虹。

就像你對許多事情的認知，也只得到一半的真相。角度不同，認知就不一樣。

而你常常太習慣你所置身的角度。

與事件站在同一平面的時候，你看見的只是局部；把自己提升到一定的高度，你才能看見事件的全貌。

燭光

請你凝視著這蕊小小的燭光。

微弱的流動的看似飄搖不定的火光，卻蘊藏著巨大的燎原的足以燃燒一切的能量。

親愛的，你的心裡也有一蕊燭光，那是你對自己熱切的堅定的永不止息的信心。

當你外在的人生彷彿被悲傷冰凍的時候，你內在的火光仍一息尚存，永不絕望。

信仰奇蹟

眼前這件事，看起來千頭萬緒，有如一團亂麻，讓你也心亂如麻。

你曾經試過許多方法想要解決它，結果卻只是愈繞愈亂，愈纏愈緊。

親愛的，在企圖改變這件事之前，也許你應該先試著改變你自己。改變自己看待這件事情的角度，給自己正面的思考，也給別人正面的訊息。

鬆開你的心，不帶情緒地看著事情的進行。

並且，信仰奇蹟。

是的，這是奇蹟，也是極為平凡的道理——只要你以正面的角度看待它，它也就會以正面的結果應許你。

面對光的方向

宇宙間有著無所不在的盛大能量，聰明的你要知道如何使用它。就像當你覺得憂傷，那麼面對太陽，閉上眼睛，立刻會感到內在充滿橘色的光。而在色彩學上，橘色正代表了快樂的能量。就這樣靜靜站著，感受來自宇宙的大能，你的皮膚被注入維他命D，你的心靈被注入溫暖的滋養，趕走了愁苦與黑暗，也融解了體內的冰霜。

面對光的方向，沐浴在燦爛之中，喜悅在上升，憂傷在下降，你感到自己漸漸脫胎換骨，不禁要謝謝這麼棒的陽光。

那麼，就算不是白雪公主，又何妨？

要快樂

鬱鬱不樂的情緒一如身上多餘的脂肪，同樣不健康，都有去除的必要。

培養自己的幽默感，看淡一切，偶爾自嘲，常常微笑。

人生很短啊，許多事情只是角度的問題，仔細想想，真的沒什麼大不了。

人生也很長，所以，親愛的，別在不快樂的情緒中自我煎熬。

有一堵牆

有一堵牆，你天天經過它，你想它沒什麼特別，不過是一堵牆。

可是有一天，你忽然在不經意之間，發現日日走過的牆角下，不知什麼時候長出了一株翠綠的小嫩芽，那緩緩攤開的兩片小葉子，像嬰兒要人抱抱的可愛小手臂；就在這一刻，你的心軟了。

於是你發現，長久以來，你心裡其實也有一堵牆。

還好，還好，這堵牆沒有那麼堅硬，這堵牆依然有著活潑盎然的生機，有柔軟可喜的感動。

還好，還好，雖然你在疲憊的日常生活中悄悄地築牆，牆角下也會悄悄地長出翠綠的小嫩芽。

第 4 卷

最終的發現——快樂不是外在的追求，而是內心恆定的喜悅

一瞬

一分鐘回答以下的問題：曾經讓你最快樂的事是什麼？曾經讓你最悲傷的事又是什麼？

再用一分鐘感受另一個問題：曾經讓你最快樂的那件事，現在還能讓你有同樣的快樂嗎？曾經讓你最悲傷的那件事，現在還能讓你有同樣的悲傷嗎？

「事過境遷，縱使現在還有什麼感覺，也是淡淡的了。」你說。

可是在發生的當時，你卻曾經欣喜若狂，曾經熱淚盈眶。

生命中許多的好好壞壞，事過境遷再回眸，都成了雲煙一瞬。當你開始懂得這種感覺的時候，也就是你真正長大的時候。

親愛的，這樣的你，才能更從容、更自在也更快樂地去面對現在的一瞬，以及往後許許多多的一瞬。

天使

你曾經傷心欲絕過，也曾經長夜痛哭過，或許你還心存報復過，甚至詛咒上帝過，但那些負面的情緒不過是虛假的幻影，真正的你依然是純潔無瑕的。

你的內在有個天使，只要閉上眼睛，讓自己完全安靜下來，你就會感覺到你心裡面那個天使的存在。

天使沒有恐懼。天使不會失去微笑。天使永遠充滿信心、希望與愛。

而且，無論你曾經遭遇過什麼，你的天使從來沒有離開。

親愛的，當你明白自己是個天使，這個世界就會成為你的天堂。

內心之家

你有兩個家，一個是你安置形體的外在之家，一個是你的內心之家。

或許你總是把外在的家打理得一塵不染，卻疏忽了內心之家的潔淨。也或許你總是熱切地為你外在的家每季更換新家具，卻不曾發現你內心之家的空虛。

但外在的家雖然重要，內心之家卻更需要好好整理，畢竟前者只是你每天必須回去的，後者才是你時時刻刻與之同行的。

保持內心之家的安靜與舒適，外界的風風雨雨就不能打擾你。有了穩定的內心之家，才能應付外在之家的一切變化。

紫蘇草

水田邊，溝渠旁，野地裡，到處都是她的家。
紫蘇草，只要有陽光、空氣和水，她就會開出紫色的小花回報大地。

你凝視著那喇叭形狀的小草花，彷彿聽見她們正在輕快地合唱，你不禁漾起笑意，心裡也有一首歌歡悅地響起。

萬物靜觀皆自得。即使是一朵小小的野花，也能如此毫不保留地給予。

開花的樹

深山裡有一株美麗的緋寒櫻。

初春花開了，一樹璀璨；暮春花落了，一地繽紛。

有人看見了她的絕豔與風華嗎？無所謂，她只是怡然自得，自開自落。

你也是一株獨一無二的開花的樹，佇立在夢土之上，穹蒼之下。

有人會在你盛開到極致的時候發現你的存在嗎？

無所謂，你的生命是為了自身至情至性的綻放，而不是為了別人偶然的路過。

流過

你的心裡有一條小河。

這個片刻它在麗日下唱歌。下個片刻它卻在雨中發出哀愁的嗚咽。

有時它的兩岸有活潑的野花搖曳。也有時它的水面漂流過無言的落葉。

世事多變，但最不可捉摸的，還是你內心的世界。

親愛的，看著世事變化，就像看著你心裡的這條小河。

一切都在改變，一切都是時空的魔術。

一切都在瞬間，一切也都將成為雲煙。

那麼，還有什麼好耿耿於懷的呢？親愛的，人生在世，不過是一條小河日日夜夜流過你的心間。

三百六十度的世界

據說海豚的視野有三百六十度，所以不論面對的是哪個方向，看見的都是沒有邊界的環場全象。

如此，海豚的眼睛，真正感受了海洋的遼闊。

親愛的，你知道嗎？和海豚一樣，你也擁有無邊無際的視野，那是你不受阻礙、自由奔放的想像力。

只要有了想像的能力，無論何時何地，都不受限於眼前的現實，在心裡看見的都是三百六十度的世界。

一朵花的片刻

當你擁有一朵花的時候，你是單純地觀賞它，還是惆悵著為什麼眼前不是一座花園？

這朵花是你當下的片刻，那座花園則是你虛無的未來。

若能滿足於當下的片刻，心思自然清淨喜悅；如果總是因為遙想著虛無的未來而忽略了現在，則永遠不可能感覺真正的快樂。

不是所有你想要的東西都有了才叫做幸福。幸福並非全員到齊式的擁有，幸福是一種時時處於恩寵的狀態。

幸福是滿足每一個現在，不把自己裝進包裹、郵寄給沒有地址可送達的未來。

親愛的，當你能在每一個片刻裡感覺幸福，你也就能在一朵花裡看見整座花園。

穿透

如果不想把自己弄得泥濘不堪，就穿透吧。

穿透他人無心的眼神和有意的言語，穿透一切表象。

穿透曖昧的夢境和模糊的慾望，穿透腦海中層層裹裹的思緒。

穿透時間和空間的界限，穿透一段感情一截回憶。

穿透，是因為知道萬象無常、短暫又虛妄，所有好壞終將過去。

穿透，是一種簡單易學的超能力，練習它是為了保持心思的明朗無礙。

穿透，是在順境時想：「是這樣啊。」在逆境時也想：「是這樣啊。」

不在一時一地停留耽溺，你才能穿透自己，才能自在地往前走去。

泡泡

晴天，適合吹泡泡。

陽光下，一顆又一顆晶瑩剔透的泡泡，飛舞在輕風裡，反映著這個世界的琉璃光影，像一個又一個的美夢，或許曾經短暫實現，但倏忽即逝。

世事不也如此？許多美麗的光影來來去去，而你事後回顧，往往不能肯定那些人那些事是否真的存在過？但肯定了又如何？凡存在過的，必將消失。所以，看待萬事萬物，無須執著，別太在意。

只要記得吹泡泡的快樂心情。

鳥瞰

就像山是由山峰與山谷組合而成的，海是由波峰與波谷變化而來的，你的人生也是這樣，有高就有低，有悲就有喜。

所以，該來的讓它來，該去的讓它去；不必強求挽留，也無須逃避抗拒。

如果山是凝固的波浪，海是流動的山脈，那麼你的心，就是那隻天空裡的飛鳥。

因為你知道，人生的高低起伏、悲喜交織，都只是短暫的幻象。當你心靈飛翔的高度超越了所有的峰與谷，你也就鳥瞰了人生的悲與喜，得到了豁達與自由。

在深深海底

你知道生命的起源在海洋，你也感覺到，深不可測的心靈世界就像海底一樣。

靜止的珊瑚，美麗的扇貝，悠游的魚群，自在的水草，這是你的心靈圖象。

在深深的海底，沒有什麼可以驚擾你，也許偶爾會有不請自來的潛水艇入侵，但這畢竟是你的海而不是他的家，他只是激起一陣泡沫水花，終究將離去。

當然有時也會有兇猛的殺人鯨游過，那就看著牠游過吧，那不過是海底的幻影。

外面的世界如海面，有時波濤洶湧，有時霞光萬丈；內在的心境卻如海底，永遠風雨不動，永遠寧靜安詳。

過了就過了

一條河不會回顧它的來處，一朵雲也不會記憶從前的形狀。

你的人生也是這樣，不論是刻骨銘心還是雲淡風輕，過了就過了。

許多美好的一瞬，都只是存在於那個發生的當下，過了就過了。

在歡笑中回想悲傷徒增哀愁，在悲傷裡追憶歡笑更是悵惘，所以何必對往事念念不忘？過了就過了。

身是流水，心似浮雲。這才是你靈魂的樣子。

那麼就釋放過去吧，並且接受未來無窮的變化。

清涼的溦雨

有一個溦雨的傍晚，你走過暮色中的街道，兩旁紛紛亮起的霓虹燈光在雨中有一種流離之感。你穿越那些閃爍不定的光影，穿越流水般一波又一波的重重人群，彷彿穿越的是人生的幻象。

那時，你的心中無比寧靜。

多年後，你走過生命的酷熱與苦寒，也走過春日的繁花遍地與秋天的落葉小徑，回眸再看時，那些愛、恨、歡樂、悲傷，那些你原本以為一定走不過去的痛苦與戀戀不能忘的情感，竟然也輕淡得像是路邊流離的光影，在雨中明滅不定，隨時都可能淹沒在夜色裡。

這時，你的心中無比寧靜。

一切的經歷都是幻影，所有的感覺都是幻覺。你微笑著繼續走下去，明白人生不過是暮色中一場清涼的溦雨。

DUO DUO BOOKS
L'ENFER

風車

從一支風車的流轉，你看見了風的存在。
從一抹眼神的交會，你看見了愛的存在。
從一朵花的綻放，你看見了生命的存在。
許許多多的美好，不能丈量，無法計算，而且總在你的視線所及之外，但它們確確實實存在。

在這個有風的日子裡，你靜觀一支風車與風的交談，感覺整個宇宙就在你的眼前悠悠地展現，也在你的心裡默默地流轉。

悠然的時光

總有這樣的時刻，你放鬆了明日的恐懼，也遺忘了昨日的憂傷；在這樣的當下，你擁有的是悠然的時光。

此時你心無雜念，不思慮什麼，也不期待什麼，只覺得身心和諧，每一個呼吸都緩慢而悠長。

此時你只是靜靜地與自己在一起，沒有誰令你掛念，你也不需要任何人的陪伴，因為整個世界就在你心底，而你也在整個世界的懷抱裡。

親愛的，當你意識到此刻是獨一無二的時刻，你是獨一無二的你，你就進入了悠然的時光。

遇見一隻貓

你看見一隻貓跳上牆沿，輕巧地往前走。你訝異於牠的從容，更佩服牠巧妙的平衡感。你的眼光繼續追隨著牠，看牠走過一道牆，又跳上更高的屋頂，好，牠似乎找到了一個舒服的地方，蜷縮四肢，瞇著眼睛，很滿意地打起盹來。

你想，貓的生活應該是很無聊的呀，除了覓食，就是睡覺，除此無他。可是牠看起來多麼自在啊，你簡直要嫉妒牠的幸福。

你再想，可是自己追求的又是什麼呢？人生裡大半的時間皆是忙碌擾攘、煩惱怨苦，還不如貓的無牽無掛。

於是你想像著自己也是一隻貓，懶洋洋地曬著太陽，此外別無他想。

然後，你也感覺到了那種單純自在的幸福。

華麗的夢遊

人生也許只是一場華麗的夢遊。

有時，歡樂的花朵裝滿了生命的籃子，沿路飄散花香。也有時，悲傷的細雨綿綿不絕地落在心靈的幽谷，一片陰暗潮濕。

但是，當時間過去，再多的歡樂與悲傷，都成了雲煙裊裊，想抓也抓不住，甚至令你懷疑它們曾經存在過。

所以，什麼是真實的？什麼又是永遠不變的呢？

那麼就把人生當成一場華麗的夢遊吧，行樂須及時。

一切都美麗

月亮最圓的時候，也就是開始月缺的時候。

花朵盛開到極致的時候，也就是開始萎謝的時候。

雖然你是如此鍾愛那些絕美的巔峰，卻也明白它們都只在剎那之間。

每一次月的輪迴都有明亮與陰暗，每一朵花的生死都有柔嫩與凋零，恰似你的人生，有順境與逆境，也有高潮與低潮。

而你如果只能在絕美的瞬間才能快樂，那麼其他時刻就會成為漫長的折磨。

親愛的，真正的快樂是時時刻刻都能全心全意地接受自己，也接受每一個當下的一切，月圓月缺如此，花開花謝亦然。

空房子

你心裡有一幢空空的房子，偶爾有人來拜訪，卻沒有能和這房子契合的人住下來。

沒關係，那就空著吧。

就算無人居住，你還是日日勤拂拭，把每一扇窗戶擦得亮亮的，並且在門前栽植了一片可愛的小花園。

蝴蝶來了，鳥兒來了，陽光和清風也來了。

一幢充滿鳥語花香的美麗房子，每個經過的人，都情不自禁地想要探頭看一看。

當他們走進來之後，發現屋內如此明亮舒適，也都情不自禁地想要定居住下來。

親愛的，好好關照你心裡的那幢房子，就算空著也不心慌，只要它是一幢美好的房子，自然會有美好的人來造訪。

感謝

每天早晨醒來，第一個傾注你心的念頭是，感謝生命又賜給你新的一天。

感謝這天將遇到的人。家人朋友也好，同學同事也好，甚至路人鄰人也好，是因為恰到好處的時空，不早也不晚的緣分，你才能和他們一起分享這天。

感謝這天將被完成的事。大到進行一場婚禮，小到品嘗一塊蛋糕，甚至只是剝開一個橘子，你都帶著深深的喜悅，感覺那宇宙之流是如何輕輕流過了你，感覺自己是如何充滿了獨一無二的恩寵。

感謝是一首詩，因為懂得感謝才能看見生命的美，而能夠感謝的人就是對生命寫詩的人。

親愛的，讓自己活在感謝之中，那麼，每一刻都閃閃發光，每一天都成了奇蹟。

聽風

靜靜坐著，閉上眼睛，傾聽颱風來臨前的聲音。

近處，窗櫺細細作響，窗前的風鈴發出清脆的叮鈴，窗外某棵樹上夏蟬正在高聲鳴唱。

遠方，從八荒九垓捲起巨大的氣流，彷彿可以聽見天上的雲朵輕快且匆促的趕路，鳥的拍翅，還有飛機滑過天際的轟轟隆隆。

這遠遠近近的聲音，層次分明的風的線條，清清楚楚地響在你的耳邊。

你聽著風的歡笑與哭泣從窗的這頭進來，又從窗的那頭出去，一如悲歡離合從你的過去流過來，又從你的未來流過去。

這個世界充滿了奧妙與無限的能量，當你敞開心胸，所有的能量都在體內飛舞，迴旋如風。

此時此刻，你唯有當下，一切都在風中熱烈地展開，一切也都在風中寂靜地結束。

歸處

天空是飛鳥的歸處。大地是落花的歸處。海洋是河流的歸處。什麼是你的歸處？

像飛鳥需要天空，像落花需要大地，像河流需要海洋，你需要一個孤獨的內在空間。

在這個完全屬於你自己的內在空間裡，外在的一切恓恓惶惶都消散了，人事的所有紛紜擾攘也都遠去了；你和自己的影子遊戲，與自己的靈魂對話。你因此更了解你內在那個小孩，也更懂得如何對待外在那個從小孩變成大人的自己。

你的心靈深處，是你一生的歸處。

只有在你的歸處安定下來，你才能明白飛鳥飛向天空的自由，落花飄墜大地的自在，河流奔入海洋的喜悅。

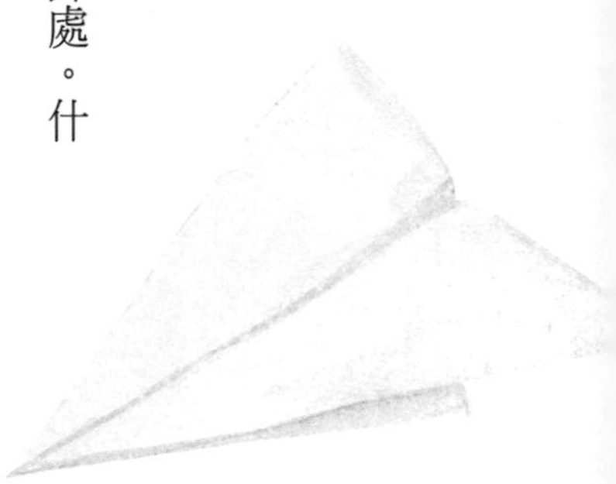

此刻

如果你用快樂召喚過去，你的心裡就有噴泉、冰淇淋和旋轉木馬。
如果你以感傷回憶，你的心裡就有眼淚、枯葉和幽暗的長廊。
如果你用希望想像未來，你的心裡就有彩虹、星星和蔚藍的天空。
如果你對以後絕望，你的心裡就有荒原、冰雪和無盡的塵沙。

親愛的，你願意站在哪裡，哪裡就成了過去的終點和未來的起點；你決定以什麼角度看你自己，你的過去和未來就決定以什麼光景回應你。

一切的奧秘就在此刻，而此刻就在你的心裡。

此刻可以改變過去，此刻也可以創造未來。

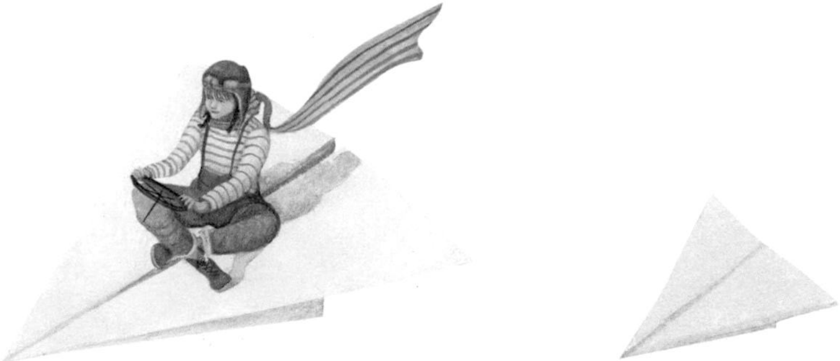

天將晚未晚

一天中總有某個時刻是你不想面對的，例如天將晚未晚的那一段。太陽已經隱沒，月亮又尚未升起，不算白晝，不算黑夜，甚至也不算真正的黃昏，這夾縫裡的一刻，往往令你感到莫名其妙的沮喪。

你走在下班與放學後熙來攘往的人潮裡，不願從別人木然的臉上看見自己的表情，於是你總是低頭疾行，但願這蝕人心魂的一刻趕快過去。

其實只要你抬頭，可能會看見整條街燈倏忽亮起，那魔法般的一刻會令你感到世界如此神奇；但因為你只看著地面，無意之間就錯過了。

所以，親愛的，你以為是最壞的時候，說不定其實是最好的時候呢，全憑你用什麼樣的眼光去解讀。

存在此時此刻

在一株相思樹下，你靜靜坐著。

陽光很柔，風很輕，一切都很好。

如果沒有人來打擾，你願意就這樣坐到天荒地老。

但你畢竟還是起身走開了。

然而你知道，有一個你將一直坐在那棵樹下，微笑著感受陽光與清風，直到秋日的落花掩蔽了春天的芳草。

存在此時此刻，當下即是永恆。

親愛的，全心全意去感受吧。不要多想煩惱，只要知道陽光很柔，風很輕，一切都很好。

國家圖書館出版品預行編目資料

世界不完美，就唱歌吧：朵朵快樂小語／朵朵著．
-- 初版．-- 臺北市：皇冠，2016.10
面；公分．--（皇冠叢書；第4581種）(TEA TIME；7)
ISBN 978-957-33-3266-4（平裝）

855 105018186

皇冠叢書第4581種
TEA TIME 07

世界不完美，就唱歌吧

朵朵快樂小語

作　　者—朵朵
發 行 人—平雲
出版發行—皇冠文化出版有限公司
台北市敦化北路120巷50號
電話◎02-27168888
郵撥帳號◎15261516號
皇冠出版社（香港）有限公司
香港上環文咸東街50號寶恒商業中心
23樓2301-3室
電話◎2529-1778　傳真◎2527-0904
總 編 輯—龔橞甄
責任主編—許婷婷
責任編輯—蔡承歡
美術設計—程郁婷
著作完成日期—2016年9月
初版一刷日期—2016年10月

電腦編號◎421007
ISBN◎978-957-33-3266-4
Printed in Taiwan
本書定價◎新台幣280元／港幣93元